"Por favor", "com licença", "obrigado"... essas são palavras que sempre gostamos de ouvir. Agradeça todas as vezes que receber algo ou um favor de alguém.

...e sejam agradecidos. —Colossenses 3:15

Nem todas as crianças têm uma família querida, comida gostosa e brinquedos legais. Mas nós podemos compartilhar: vamos ajudar quem precisa e tem menos do que nós.

Sempre que puder, ajude os necessitados. —Provérbios 3:27

O tempo é um presente precioso de Deus e devemos respeitar o tempo dos outros. Evite chegar atrasado aos compromissos.

Respeitem todas as pessoas, amem os seus irmãos na fé, temam a Deus... —I Pedro 2:17

Você sujou? Limpe. Desarrumou? Arrume. Não desperdice as coisas boas que você tem, pois a água, a luz e o alimento são muito valiosos. Consuma só o necessário.

O trabalhador relaxado é companheiro daquele que desperdiça. —Provérbios 18:9

Não queira sempre ser o primeiro a dizer algo. Espere os outros terminarem de falar.

...cada um esteja pronto para ouvir, mas demore para falar e ficar com raiva. —Tiago 1:19

Os mais velhos têm muito a ensinar e também precisam de ajuda.
Não perca a chance de ajudar um idoso, escutar seus conselhos e fazer-lhe companhia.
...jovens, sejam obedientes aos mais velhos. Que todos prestem serviços uns aos outros com humildade... —I Pedro 5:5

Deus deu a cada um capacidades diferentes e especiais,
portanto não pense que outra pessoa é menos sábia que você.

O sábio não deve se orgulhar da sua sabedoria, nem o forte, da sua força, nem o rico, da sua riqueza. —Jeremias 9:23